그리움이 그리움에게

그리움이 그리움에게

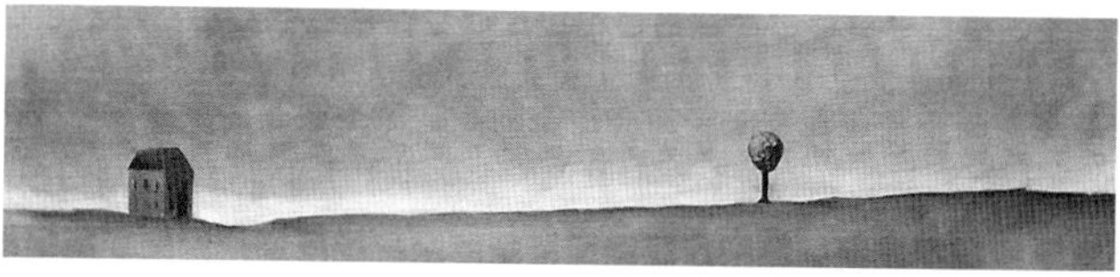

손석근 시집

시간여행

시집 〈그리움이 그리움에게〉를 발행하며

시(詩)는 신들린 사람들이나 쓰는 일인 줄 알았다. 천재만 시를 쓸 수 있는 권능을 가진 줄 알았다. 그래서 시인을 항상 부러워했다. 그런데 세월의 물결에 내맡겨져 흘러온 온갖 고초를 되돌아보니 그러한 삶의 과정이 바로 시였다. 그럴 때마다 푸념 삼아 끄적였던 글을 모았다.

시를 쓰면서 세상을 바라보는 시선이 많이 달라졌다. 사진을 처음 찍는 사람이 사물의 깊은 내면을 응시하는 능력을 깨우치듯이 시를 쓰면서 객관적으로 보던 세상이 나만의 시선으로 보이기 시작했다. 내게 비와 안개와 달빛, 낙엽, 햇살, 나무, 강 등의 자연은 어떤 의미의 결정체로 다가와 대화를 나누기 시작했다. 평범한 일상의 어울림이 곧 내가 살았던 삶의 현장이자, 명상의 대상이자, 역사의 한 자락임을 깨닫고, 짧은 시 한 줄을 남겨도 나만의 생각으로 다듬어졌다.

임 오신다
고운 옷 입고 오신다
봄꽃 향기 머금고
투둑투둑 투두둑
하늘하늘 손짓하며
맵시 좋게 오신다

-〈꽃비〉 중에서

비가 오는 날이면 항상 생일을 맞은 아이처럼 들뜬다. 비를 맞으면 신이 내린 축복의 세례를 받는 것 같다. 세상 모든 생명을 일깨우고 새 피가 돌게 하는 원천의 힘은 물이기 때문이다. 지금도 기상청에서 비가 온다는 예보를 하면 가슴부터 설렌다. 그 비는 계절을 가리지 않고 마냥 가슴 설레이게 한다. 거기에 〈는개〉가 어울리면 이 세상은 환상과 몽환의 세상으로 변한다. 그래서 나는 비를 좋아한다.

비가 그치고 햇살 속에 알몸을 드러내는 세상은 참 아름답다. 세상은 우리 인간이 살만한 가치와 살아 있음을 깨우치는 존재의 공간이 된다. 꼭 가을이 아니어도 햇살 속에 피는 봄꽃과 여름의 싱그러운 잎들과 붉게 물든 낙엽은 수많은 생명체의 절정이다. 그에 비해 가을 달은 내 가슴을 타게 하는 마력을 지녔다.

사랑하는 사람을 만들지 마라
그렇다고 미워하는 사람도 만들지 마라
사랑하는 사람은 만나지 못해 괴롭고
미워하는 사람은 만나서 괴롭다.

-〈가을 달을 보며〉 중에서

그리움으로 가슴 여위어가는 실체를 인식하고, 한없는 그리움의 향연에 빠지게 한다. 달이 영글면 신화가 되는 것처럼 달빛은 아련한 추억의 첫사랑으로 돌아갈 수 없는 근원적 한계를 느끼게 하는 그리움의 바다이다.

그래서 나는 '그리움'이라는 시어를 좋아한다. 어떤 대상이건 그리움의 존재는 과거의 존재에서 출발한다. 현재

시점에서 추구할 수 없는 어떤 대상에 대한 동경과 보고 싶음이 응결되어 그리움이라는 공간으로 녹아든다. 어릴 적 뛰놀던 고향의 배꼽마당에 대한 추억에서부터 첫사랑의 아련한 향수까지 그 영역은 제한이 없다. 그래서 그리움은 그림을 그리듯 시인의 가슴에 남아 영원한 향수의 근원이다. 그런 가운데 사람과 사람이 부대끼는 관계 속에서 잉태하는 사랑의 감정도 지나칠 수 없는 명제다.

첫사랑의 아련한 향수를 멀리하고 새로운 사랑에 대한 기대와 설렘은 어리석게도 〈불임 사랑〉을 노래하고 이렇게 맺어질 수 없는 인연을 '불임'으로 명명하여 허기진 가슴을 채우는 대체재로 찾는다. 그럴 때마다 가슴은 늘 허망함으로 가득하다. 그런 기다림 끝에 이승에서의 사랑을 넘어 영원을 향한 사랑을 갈구한다.

그리움과 간절함을 키워
헤아릴 수 없는
우주의 무게만큼이나
키 큰 시간을 지나
이제 하나가 된다

–〈연리지 사랑〉 중에서

영원한 사랑을 꿈꾸는 이상적 본질에 다가가려고 시인은 몸부림친다. 이 때문에 불가에서는 인연을 일컬어 업보(業報)라고 하지 않은가 싶다.

흔히 우리는 살아온 날을 되돌아본다. 지금 내가 가고 있는 길이 바른길인지? 생각했던 길과 다른 엉뚱한 목적지를 향해 가고 있는 것은 아닌지? 의구심이 들 때마다 아메리카 인디언들처럼 달리던 길을 멈추고, 자신의 영혼이 몸속에 깃들기를 기다리듯이 잠시 살아온 날들을 곱씹어본다. 그래서 시인은 가지 않은 길에 대해 생각할 시간을 갖는다. 지금까지 살아온 날보다 앞으로 이어질 날들에 대한 기대와 설렘은 언제나 살아 숨 쉬는 삶의 활력이다. 내일이라는 그 길은 사랑으로 젖어 번잡하지 않은 오솔길로 이어져, 내 삶의 의미를 되새김질하면서 여생을 즐기는 한 살이가 될 것이다.

그렇게 아름다운 자연과 세상살이 가운데 어느 날 우리는 위기에 직면하기도 한다. 인간에게 가장 무서운 세 가지인 기근과 전쟁과 질병이 우리 앞에 다가오기도 한다. 기근은 현대 과학의 힘으로 역경을 어렵지 않게 이겨내고 있고, 전쟁은 우리 시대에 조금 멀어져 있다. 그렇지만 세계적 전염병인 코로나19가 발생한 이후, 우리 삶은 코로

나 이전과 이후로 나뉜다. 그래서 세상은 어느 한순간 급격하게 변했다.

두꺼운 마스크로 중무장하고, 사랑하는 사람도 가까이 할 수 없는 무서운 세상으로 돌변한 세계, 바깥 활동에 제약이 많아지면서 가정에서 가족들과 함께 하는 시간이 많아져 가족의 소중함을 깨닫게 하였다. 가족 간의 친밀도가 더 높아져 산업화 이후 뿔뿔이 흩어져 모래알처럼 살아가던 사람들이 가족이라는 울타리 안으로 다시 유대 관계가 회복되는 양상도 보인다. 거꾸로 코로나가 가족의 소중함을 깨우치는 계기가 되었다. 그러니 이 위기는 곧 새로운 희망이기도 하다.

네가 온 뒤로 우리는
더 큰 행복을 누린다
집집이 가족들이
얼굴을 알게 했고
바깥보다 안이 더 아늑함을
깨닫게 한 너

–〈만화경〉 중에서

나는 어릴 적 시골에서 자라 고등학교 시절부터 도시에서 생활하게 되어 늘 고향에 대한 그리움이 있다. 힘들고 지칠 때마다 아무 걱정 없이 마음껏 뛰놀던 시골 배꼽마당이 그립다. 먹을 게 없어 늘 배고팠고, 전깃불도 들어오지 않는 오지 산골이었지만, 먼 미래를 향한 순수한 소년의 꿈이 영글던 그곳이 내 마지막 마음의 안식처였지 싶다. 그런데 산업화하면서 그 높다랗던 고향 산도 공단이 들어서면서 흔적 없이 사라졌고, 마을은 공단 옆으로 이주하여 이제 고향은 마음속의 안식처로만 남았다. 그래서 고향은 변하고 가슴 아린 추억만 있는 곳으로 변했다.

달은 언제나 그 하늘에 뜨지만
성한 말 잔치에
육자배기 애잔하던 그 어른들
소풍 길 너머
당산길 언저리
뫼터 그림자로 손짓한다
마을 어른들도 다 세상 떠나고,
소년을 늙은이로 키워버린
세월의 무덤덤함에

정겨움이 무겁기만 하다.
고향은 어쩌면 먼발치
선반의 오래된
놋그릇처럼 색이 바랜 것인가

–〈고향〉 중에서

내 고향에 얽힌 추억은 오래된 놋그릇처럼 색이 바래었다. 지금도 가끔 꿈을 꾸면 고향의 정경이 나온다. 소 풀 먹이던 일이며, 친구들과 개울에서 멱 감던 일이 떠오르면 그날은 종일 기분이 좋다. 나이가 들어 고향은 힘을 되찾는 원천적 에너지원이 되었다.

자연의 품속에서 자란 탓인지 환갑이 넘은 이 나이에도 원시적 삶을 즐긴다. 봄부터 가을까지 여유가 생기면 야영 장비를 차에 가득 싣고 자연의 품속으로 달려간다. 새벽안개 속에 만나는 세상은 늘 신선하고 신비롭다. 그래서 도시의 삶에서 지친 몸과 마음을 회복할 수 있다.

그렇게 수많은 성상으로 지구별에 흔적을 남기면서 남은 내 모습은 한 그루 소나무가 되고 싶다. 앞으로 살아갈 날도 비바람에 흔들려도 뿌리 뽑히지 않을 소나무로 살고 싶다.

햇살 퍼지는 창가에 앉아
그리운 임을
하늘 가득 그리며 행복에 젖어
눈물 샘솟는 차향에 빠진다

– 〈차 한 잔의 여유〉 중에서

그래서 차 한 잔의 여유가 일상이 되는 삶이 되었으면 한다. 언제나 지금의 추억과 결정 그리고 경험과 생각이 보다 의미 있는 미래를 위한 자양분이 되었으면 한다.

2021년 12월 15일 세종에서
손석근

목 차

2

그리움에 빠지다

1

처음부터
끝까지,
그리움

꽃비

임 오신다
고운 옷 입고 오신다
봄꽃 향기 머금고
투둑투둑 투두둑
하늘하늘 손짓하며
맵시 좋게 오신다
두고 온 임의 입술
향기 그리워
꽃비 내린다.

는개

안개, 는개• 되어
이슬비 만든다.

허기진 가슴 채우려
밤새 하늘은
사랑하는 사람만 숨 쉴 수 있는
언덕의 향연을 피웠다.

물, 하늘, 그대, 세상 냄새
모두 그 속에 들었다.
그대 향한 그리움
는개 되어
이슬비 내린다.

그대 가슴에
내 가슴에

비처럼

안개처럼

이슬처럼

는개 되어 하나 된다.

• 는개 : 안개비보다는 조금 굵고 이슬비보다 가는 비.

누이

집을 떠났다.
13살 과꽃 같은 나이에
도회의 넓은 주방에 일터를 잡고
엄마가 그리워도
남의 밥을 짓고
옷을 방망이로 두드려 입에 풀칠하는
일터로 갔다.

엄마가 그리워질 때마다
빨랫방망이를 두드렸다.
별도 안 드는
서러운 다락방살이
누이는 철이 들 때까지
거기서 밤마다
눈물샘을 긁었다.

일흔을 훌쩍 넘긴 누이
다리는 관절염과 친구가 되었고
신발만 집 떠날 때보다 가벼워졌다.
허리는 평생 짐을 끈 마소 멍에를 닮았다.
아직도 이집 저집
주방을 돌아다니는 누이
늙은 서방은
매일 침대에서 약으로
저승을 손꼽아 기다리고
목구멍이 무서워
백 살보다 젊은 누이
아직도 이집 저집
가사 도우미로 여행한다.
그 긴 세월 변한 것은 없다.

비가 온다

늘 보이던 해
어느 날 문득
우리 곁을 떠난
그 자리에 파리한 구름만 가득
어둠과 절망 속
위로의 입김은 비가 되어
세상은 혼곤하다
향수에 취해
과거로 시간여행을 떠나는 나그네
발길에 부딪는 돌부리에 채인다
진흙 바닥 떨어지는 빗속에 일어날 기색 없는
파리한 나그네 등골
두 줄기 빗방울로 흐른다
슬픔은 배부를 때 부르는 연가
절망의 빗방울이 양심을 난도질한다
일어설까 말까 고심하다

힘없이 흙바닥에 누워
하염없이 쏟아지는 비를
혓바닥 늘인 오뉴월 개처럼
그렇게 비를 맞고 자빠진다
파초처럼 칼날 선 허기로
욕망에 젖는다.

안개 이불

안개는 혀를 날름대면서
세상을 노략질한다
아니 안개는 더러운 세상을 덮으려고
점령군 군홧발처럼 그렇게
허연 입김으로 소리도 없이 지배한다.
가진 것 없고 품은 사랑 없는 우리야
숨길 것도 없겠지만
남몰래 사랑을 품은 사람은
소금 맞은 소금쟁이처럼 오그라든다.

새벽안개가 지배한 점령지
세상은 성경 말씀처럼
달란트가 고루 퍼진 이상향이 되어
모두 숨죽여 고요한 행복을 만끽한다
이렇게 평온과 화평 속에 느끼는 행복
이 얼마나 위험하고 슬픈 행복인가

행복은 솟은 산처럼 높은 곳에 있지도 않고
바다 깊은 심연에도 있지 않다.

행복은 손톱보다 작은 새가슴 속에서
피어나는 안개처럼
그렇게 가슴에만 피어나는
안개 새벽
나는 작은 새가슴이 없어
오늘도 지상의 천연한 안개의 낙원에 숨죽여
성경 말씀처럼
고루 퍼진 달란트의 균등함으로
행복하고 있을 뿐이다.

기침

가슴에 가시를 품지 않았는데도 기침이 나온다
누구는 순수한 마음을 지키기 위해
가슴에 독을 채운다지만
나는 그럴 용기가 없어 독을 채우지 못했다
그런데 가슴에서 독기가 가시로 나온다
말 못 할 역병을 지녔다는 말인가
남에게 독설을 쏟은
업보로 쏟아지는 선물인가
가슴이 퉁퉁 울릴 만큼 기침하니
온몸이 고추냉이처럼 말려든다
사랑하는 사람 보지 못해 한이 맺혀
가슴이 울림통 되어 그런가
지독한 상사화에 미쳐 병에 들 만큼
철없는 나이도 아닌데 왜 그런가
가슴이 울린다
온몸이 당긴다

숨쉬기가 힘들다
기침은 왜 나오는 것일까
내게 신병이 내려진 결과다
답답하고 힘들어 기침한다
가슴에 남은 마지막 양심과
하다 만 어설픈 사랑 쪼가리
상처를 담아 뱉어낸다
목이 아프고 가슴이 아프다
목에 걸려 넘어가지 않는 가시처럼
뱉어도 뱉어도 나오지 않는 상처 쪼가리
온몸이 다시 당긴다.

사랑하면

사랑하면 누구나 바보가 된다
때로는 유치원 아이보다 더 어린 철부지가 된다
때로는 중증 치매 환자 이상의 절박한 천치가 된다
사랑하면 병에도 걸린다
지독히 낫지 않는 난치병에 걸려
처방도 치료도
아무 손도 댈 수 없는 지경에 이른다
말기 암 환자처럼 사경을 헤매며
죽을 날만 기다리는
그런 처절한 운명에 이른다

나는 시방 위험한 바보다
불이 얼마나 따스한지
밥이 얼마나 맛있는지
물을 먹지 않으면
일주일을 못 넘긴다는 사실도 모른 채

부나비 되어 활활 타고 있는 유황 등을 향해 달려가는
하루살이 되어 시방 위험한 짐승으로 자라고 있다
나는 때로 한 달에 하루는 천치가 되어
종일 하늘만 바라보며 멀거니 앉아 있다.

가을 달을 보며

당신이 그리워
나날이 여위어가는 가슴
열병이 커져 더욱 아픈 가슴
가슴이 타들어 가다 오그라진다
그대를 향한 걸음은 무겁다 못해 질질 끌린다
오늘도 달은 미소짓고
날마다 토실토실 살을 올리건만
타들어 가는 내 가슴은
나날이 여위어간다

사랑하는 사람을 만들지 마라
그렇다고 미워하는 사람도 만들지 마라
사랑하는 사람은 만나지 못해 괴롭고
미워하는 사람은 만나서 괴롭다.*
온몸에 일렁이는 열병
거푸 토악질해도 가라앉지 않는 가슴앓이

어디선가 웃으면서 달려올 것 같아
어느덧 새가슴이 되어 오그라든다
가을은 깊어가고 알곡은 나날이 여물건만
가슴의 허기가 그리움 되어 나날이 여위어간다.

• 법화경의 한 구절

그리움이 그리움에게

그대 무슨 변고가 있는가요
그대 생각에 나는 잠도 못 자고
종일 일도 제대로 못했습니다
밥을 먹다가도
그대 생각이 나면 울컥 밥알이 솟구칩니다
그대 무슨 변고가 있는 것일까요
하루 내내 그대 생각에 아무 일도 못하는
이런 사람이 있다는 것을 알고나 있는지요
그대가 안고 있는 천근만근의 무게보다
내 가슴에 안긴
그리움의 무게도 그 못지않습니다
나는 그리움에 숨 막혀
하늘이 노래지는 날들을 살고 있습니다
언제 노란 하늘이
파랗게 변할지 기약도 없어
나는 하루하루 지침에 미쳐가다

돌이 되고 있습니다
그 돌이 벼락을 맞아
천년의 숨결이 터지는 그 날이 오면
우리 그리움은 눈 녹듯
그런 날을 맞을 수 있을까요
그리움은 또 그리움에게
세월의 흔적만큼
많은 그리움을 산처럼 쌓고 있습니다
언제 우리 사이 그리움의 강물이 풀려
오롯이 안아볼 수 있는 날이 올까요
나는 그대가 그리워
오늘도 하늘만 바라보고 있습니다.
나날이 영글던 팔월 한가위 달도
이제는 보름을 지나
몸을 줄이고 있습니다
저녁마다 여위어가는 달처럼

내 몸도 지쳐감에
하루에 한 치씩 몸을 줄이고 있습니다
그와 반대로 가슴속 그리움은
나날이 쌓이고 있습니다
하현달이 그믐이 되어
다시 초승달로 되살아날 때
우리 사랑도
다시 움트기를 고대합니다

감잎을 따며

임의 손톱처럼
곱게 자란 감잎을 딴다
여리디여린 연둣빛 입술
봄바람 실바람 타고
고운 임 손톱을 어루만지듯
감잎을 딴다

겨우내 품었던 꿈을 열고
딱딱한 혓바닥을 부드럽게 풀어
연둣빛 입술 내밀고
새색시 봄맞이하듯
여린 입술을 딴다.

가을 햇살 아래 서면

가을 햇살 아래 선다
단맛을 올리는 과일들은
아름다운 색감을 자랑하며
화장하기 시작했다
아무리 가난한 사람이라도
배가 저절로 불러오는 가을을 맞아
허기에 지쳐가는 거울을 되돌아본다.
하루하루 허수아비가 되어가는 내 가슴은
님의 모습에 눈이 멀고
님의 옷깃에 눈물 흘린다

사랑은 아무나 하는 것이 아니다
사랑은 돌보다 더 찬 가슴을
가진 사람이나 할 수 있다
여리디여린 한해살이 코스모스가
할 수 있는 일이 아니다

허수아비 두 팔 벌리고 어깨에
새가 앉아도 그냥 웃고만 있듯이
나는 님의 몸짓과 눈짓에 빠져
그냥 멀거니 처음 만들어 놓은 대로 생각 없이
웃고만 있는 부처다

가을은 속을 채우건만
안으로 허기를 채우는 나는
언제 풍성한 가을의 잔치를 맛볼까.

그대 있으매

잠에서 깨어 잠들 때까지
오롯이 신경을 곤두세운 안테나 되어
어둠에서 빛까지 함께 하는
그대는 내 그림자

미명의 혼돈에서
빛을 통한 역사까지
함께 한 그림자
동굴의 굴레에서
깨달음까지
처음부터 끝까지 함께 할
그림자

내가 움직일 때마다
한 치 양보도 없이
절망에서 희망으로

안내하는 그림자
새벽이 밝아오면
해가 떠오르고 긴 실루엣 뿌린다

처음에서 끝까지 함께 하는 너와 나의 시간

악몽

가을 하늘을 봅니다
푸르고 아름답건만
볼 수 없는 임 때문에 눈이 아픕니다
진물이 나 아무것도 보이지 않습니다
높은 산에 올라 봅니다
산은 새색시처럼
색동옷으로 맵시를 자랑하고
늙은 뱀처럼 똬리를 튼
강은 소리 없이흐릅니다
그런데 임은 간데없고
때 이른 달이 떴습니다
임 그리울 때마다 바라보던
달이 이제는 빛을 잃어갑니다
내일 다시 뜰지 말지 짐작하기 힘들 만큼
달은 이제 늙었습니다
이마에 손을 대고

나무에 기대어 긴 숨을 몰아쉽니다
땅이 천길 아래로 떨어져 나갑니다
좁은 발바닥 하나 붙일 곳 없어
허둥대다가 그만 꿈을 깹니다
식은땀 흐르는 악몽이었습니다
나날이 임 생각에 잠이 듭니다
그리곤 꿈을 꾸며
악몽에 시달립니다.

구절초 사랑

그리움 한 꼭지
가슴에 품고
먼 산을 바라봅니다
하늘에 핀 구름 꽃 한 송이
가슴이 아련해 쳐다보다 눈물짓습니다
산허리에 걸린 구름 속
임 그림자 보입니다
임은 알 수 없는
수수께끼입니다
수수께끼에 비친
내 가슴은 먹장구름에 둘러지고
언제 비로 뿌릴지 기약 없습니다
넓은 하늘 가득
어느 구름이 비구름이 되는지 알 수 없는 것처럼
산허리에 걸려
가슴 한구석 두려움이 설핏 돋아납니다

들길에 핀 구절초 한 떨기
고개가 숙여집니다
봄부터 키워 온 가슴앓이처럼
어지럽지도 초라하지도 않은
곱디고운 자태
수수하기 이를 데 없는 꽃잎
나는 경이로움에 눈물 흘립니다
그대는 무엇을 바라 그렇게 청초하게 웃습니까

말 없는 구절초 꽃잎 하나에 목멥니다
알 수 없는 서러움에 목메
울음은 웃음도 아닌
흐느낌이 되어 눈앞이 아득합니다
하늘과 나도 말없이 가슴으로 웁니다
하염없는 눈물은 강을 이루어
바다가 되고 사해가 물이 됩니다.

불임 사랑

우리 사랑은
누다 만 오줌처럼
참으로 찜찜하고 미련하다
열정이 불같이 살아나
사위어가는 불길처럼
그런 모습으로 쓸쓸히 꺼지고 말았다
할머니 젖가슴처럼
허망한 사랑의 흔적
그런 우리의 만남은
영원히 잉태할 수 없는 불임 사랑.

연리지 사랑

꿈을 꾸는 나무
그리움으로만 자라는 나무
수액은 사랑 응어리
가지는 출렁이는 그리움으로 뻗으나

천년 세월 몸부림쳐도 그 자린데
손잡으면 닿을 자린데
어찌 이리 힘든가
그리움을 삭여 두 손을 뻗는다
그리움과 간절함을 키워
헤아릴 수 없는
우주의 무게만큼이나 키 큰 시간을 지나
이제 하나가 된다.

행복한 사내

긴 터널 지나 밝은 세상 본
사나이가 있었다
터널이 세상인 줄 알았던 사내가
언제 터널에 들었는지도 모른 채
터벅터벅 어두운 터널을 걸었다
먼동 트이듯
환한 터널 끝을 본 사내는
한동안 정신을 잃었다
어지럼증으로 일렁이다
어느 순간
자신이 든 터널의 시작점을 생각했다
그리고는 다시 걸어
터벅터벅 걸어
터널을 빠져나와
사뿐사뿐 나비 걸음으로
날갯짓을 했다

해는 눈부시게 이름을 불렀고
바람도 날개를 달고 반겼다
비로소 세상 첫 미소 머금은 사내는
우물 속 거울을 보고는
환히 웃었다.

그리움을 찾는 발자국

그리움 가득한 편지 들고
꽃 핀 언덕길을 달리듯 올라
먼 산 바라보며 하염없이 울었습니다
누군가 볼 새라 고개 숙이고
하염없이 울었습니다
아직도 날 기억하시는가요
난 아직도
이렇게 허리 꺾고
목 놓아 부르는데 말입니다
꽃은 흐드러지게 피어
벌 나비까지 미치게 하는데
왜 나만 이렇게 가슴이 미어질까요
그대 아직도 기억하시나요
하얀 우리 속살 드러내고
웃던 그 날들을 말입니다
서산에 해가 집니다

이제 언덕길은 사람이 다녔던 길이 없어졌습니다
어디로 가야 하나요
아직도 마르지 않는 눈물 닦으며
흙길 펼쳐진 곳마다
그대 그리움을 찾아 발자국 찍으며
아무 데나 향해 걷습니다
해도 넘어가고 그림자도 따라오다 그친
산길을 걷습니다
세상 하늘 아래 어디서
그대 향기 되어 이 하늘 이고 있나요

사랑은

사랑은
늘 그리워도
그대가 항상 그 자리에 있는 보석처럼
임이 보는 자리에 있는 것

사랑은
몸부림치며 보고 싶어 열에 들떠도
사랑은 예전처럼 항상
미소를 짓고 있는 것

사랑은
비 오고 바람 불어
날려 갈 것 같아도
온전히 거기 그냥 기다리는 것

사랑은

사무치게 보고 싶어도

세월의 향기 머금고

그대를 마중하기 위해 기다리는 것.

무념

초여름 새벽 향기로운 가슴
그대에게 보낸다
피어나는 향기
먼동이 여명을 알린다
새날
희망의 씨앗을 뿌려
우리 사랑처럼 새살 돋게 하자
도심 새벽
홰를 치는 닭 소리 들리지 않아도
우리 가슴은 이미
새벽을 알리는 천사의 미소
피어난 지 이미 오래
미묘한 긴장감
팽팽히 실리는 그대 존재감
오늘 또 이렇게
우리 사랑으로

무심의 하루를 엮는 실타래를 돌린다
신이시여!
사랑으로 넘치는 하루 되게 하소서
기다림보다 그리움보다 더한 가슴으로
그댈 안을 수 있게
무념의 하루 되게 하소서……

아름다운 세상

우리, 무엇으로 사는가
구름을 타고 하늘을 날 듯
그렇게 하루를 보내고
또 다른 날 아침
무거운 머리를 들어 올려
역마처럼 들길 나서듯
출근하고 일하며
그림자처럼 돈을 번다
재주가 좋은 어떤 이는
해가 넘어가기 전
하루에 수백을 벌고
남루한 몸조차 가누기 힘든 여럿은
해가 뜨기 전에 나서
하루해가 시리도록 일해도
겨우 입에 풀칠할 돈밖에 벌지 못하는 세상
누구는 가진 돈으로 선행을 베풀고

나는 하루살이처럼 살아가는
또 다른 하루가 벅찰 뿐이다
아름다움은 마음속에만 있는 것일까
행복은 저 멀리 산 너머에만 있을까.

그림자

처음 하늘이 열리고
흙과 물이 엉겨 생명을 일구고
그대 처음 빛으로 와
이제 내게 긴 그림자 드리운다
태초의 천지가 그랬듯이
우린 그렇게 날줄과 씨줄로 엮여
사랑의 실타래 비단이 되었다

덜 익은 열정과
어설픈 몸짓으로 만나
처음 문을 열기까지
긴 세월 묵혀
그렇게 녹슨 문빗장은 허물어졌다
하여 나날이 해와 달은
우리 사이를 들락거려
어언 수많은 성상의 아침에 와 있다

오늘도 해가 뜨고 달이 뜨고
해가 지고 달이 지듯
우리는 그렇게 빛과 그림자로 만나
비단실 엮는 직녀처럼
사랑의 실타래를 꼬고 있다.

강물이 흐르네요

강물이 흐르네요
늘어지게 낮잠을 즐기고
사냥을 마친 배부른 사자처럼
그렇게 느긋하게 강물이 흐르네요
계곡을 다투어 타고 달린 물이
지쳐 기운이 빠진 듯
격한 상류의 물줄기 멀리하고
고요히 숨 고르면서
하염없이 먼 바다를 향해
그렇게 느릿느릿 강이 흐르고 있네요
우리 사랑 불꽃이 되어
하루도 쉬지 않고
고삐 풀린 망아지처럼 천방지축
미친년 치맛자락 날리듯 그렇게
정신없이 쌈박질하듯 설치더니
이제는 느릿하게 흐르는 강물처럼

그런 여유를 즐기는군요

사랑합니다

아무리 불러도 아깝지 않은

함성처럼 우리 사랑합시다

해와 달이 지치도록 그렇게 사랑합니다.

마지막 역 대합실에서

우리 추억은 언제나
그 마지막 역 대합실에 머물러 있습니다
막차가 오지 않는 그 대합실에는
수많은 추억이 곰실거리며
우리의 머릿속을 헤집고 다닙니다
사랑함으로 떠날 수밖에 없었던
우리의 애절한 사랑이
어지럽게 늘려 있는 그 역 대합실을
나는 아직 가슴에 품고 있지요
수많은 사람이 오갔을 대합실
한구석에 못다 핀
꽃 한 송이 오도카니 웅크리고 앉아
아직도 눈물 흘리고 있지요
가끔가다 보면 그 그림자
날 찾아 한숨짓기도 하지요
사랑은 가슴 미어지는 세월의 흔적 뒤에도

여전히 우리 사랑은 꽃잎처럼
연기처럼 그렇게 추억을 키우고 있었지요
어느 날 대합실에
두 사람이 키를 마주하고 앉았지요
머리가 성성한 그런 모습으로
우리는 자라다 만
사랑의 씨앗 한 톨을 어루만지며
마지막 떠난 열차를 추억하고
그렇게 마지막 추억을 다시 펼칩니다

가을 달빛 영그는 밤

저녁마다 달이 살찐다
가고 오는 사이 남몰래
달은 조금씩 몸을 불린다
어제는 안 보이던 손톱 달이
오늘은 싹이 자라
도톰하니 살이 오른다
풀벌레 소리 들으며
몸을 불리는 달은
이슬 머금은 한가위 저녁을 향해 마구 달린다
또 한 개의 사과가 익고
나락은 알을 채우고
고추는 빠알간 옷으로 갈아입는다
아이의 잇몸에
하루하루 하얀 이가 자라듯
가을 달은 그렇게 포동포동 몸을 불리며
토실토실 우리 꿈을 영글게 한다

다 버릴 것 없이
가지고 챙기고도 남음이 없을 가을
이 가을
우리 곁에 겨울이 두렵지 않게 하는
풍성한 가을이, 달이 나날이 몸을 불려
한겨울 눈 이불 속에서도 온기를 느끼게 할
가을이 영글고 있다
우리 가슴속 사랑도 고즈넉이 그렇게 영글어간다.

낙엽에 어린 추억

엄마 젖꼭지처럼
부드러운 입술 열고
세상을 맞았다
온몸으로 태양 세례받아
원망도 소원도 없이
아름다운 청춘을 자랑했고
이제는 알몸으로 뒹구는 가을을 맞는다
누가 시킨 일도 아니요
하고 싶어 한 일도 아니다
그저 조물주가 하자는 대로
세상에 태어나 태양의 즐거운 합창에
춤추고 노래하다
이제 떠나야 할 이별의 날들이 찾아왔다
한 잎은 미련을 떨고
한 잎은 절규를 하지만
떠나야 할 것들은 말없이 떠날 때 아름다운 것

이별 없이 사랑을 완성할 수 없듯이
떠남이 있어야 다시 만날 수 있듯이
시방은 가슴이 아파 타들어 가는 멍으로 빨갛지만
언젠가 다시 만나
처음보다 더 뜨거운 환희로
그대 가슴에 오롯이 안길 그날을 기도하며
이제는 가지에서 날개 달고
바람과 이슬과 안개 속에 나를 맡겨
알 수 없는 먼 길 여행을 떠난다
영면의 품 땅속으로 돌아가기 전
마지막 몸부림치듯
세상 어디든지 날아가고팠던
마지막 소망 가슴에 품고
바람 품에 안겨 여행을 떠난다
혹시 가다 만날 내 반쪽을 만나는
기대 품고 그렇게 이별과
다시 만남의 설렌 여행을 떠난다.

그대 바라기

그대 이 세상 어디에 계신가요
어제 뜬 해가
뜨고 지기를 반복합니다
그대와 같이
늘 해를 맞듯
그렇게 일상이 되어
하루를 시작하고 하루를 다합니다
그대 이 세상에 어떤 이름으로 불리나요
내 앞에 있을 때 운명의 이름으로
그대 꽃이 됩니다
사랑이라는 거룩하고 성스러운
그런 이름 말입니다.
당신은 누구신가요
그대는 내 자신입니다
아무리 멀리 있어도
그대 가슴에서 쿵쾅대는 심장은

곧 내 가슴 속 심장이니까요
그대 아주 먼 곳에 있어도
내가 애써 그대를 향해 달려가지 않아도
그대는 항상 내 곁에 있습니다
그대 따스한 숨결
고운 살결
살가운 마음결
부드러운 미소
늘어진 수양버들처럼 흐르는 자태
모두 내 들숨과 날숨 속에 함께 합니다

오늘도 그대 그립니다
늘 곁에 있는 듯 없지만
그대를 그리는 순간
나는 그대가 됩니다
일상의 사소함 가운데

그대는 온전히 나와

구름과 바람과 이슬과 비와 흙냄새와 풀잎과

꽃이 하나가 되어

우리는 원래 그랬던 것처럼

그런 모습으로 하나입니다.

망부석

세상 어디에든
온전히만 있거라
내게 오지 않아도 좋다
긴 기다림 끝
한 개 큰 바위가 될지라도
그대 이슬 한 방울에 녹고 말
긴 기다림을 가슴에 품고 있노라
비바람 불고 나무 꺾여도
무지개 뜨고 하늘 가득 속살 드러내도
그림자 없는 이슬 되어 그렇게
하염없이 끝없이 기다리겠노라
맑은 햇살 피어 그 이슬 사라진 데도
노여워 않고 흔적 없이 그렇게
바위처럼 기다리겠노라.

중년의 오후

세월은 아무도 모르게
우리를 던져 놓고 갔다
흑단 같은 머리카락이
이슬 영근 서리가 되고
욕망과 패기로 얼룩진 몰골에
남은 건 시간이 애써 빚은 주름살
한 올 한 올 맺힌 가닥에
젊은 날 허기진 욕망의 잔해들이 줄을 선다
긴긴 생명줄 이어가는 중년의 오후
켜켜이 더해지는 세월의 흔적들이
더욱더 안쓰럽게 한다
해는 중천에 떠
뜨거운 열기로 노염을 풀지만
이미 낡아빠진 기계로 물을 퍼 올리는
중년의 오후
젊은 날은 저만치 널브러져 있고

다가올 나이 순서(齒次)를 향해

손가락 하나 까딱일 여력이 없다

무인도 사랑

나는 아무래도 무인도로
가야 할 것 같다
아무도 없는 무인도에서
그대를 그리면서
하루를 열흘처럼 열흘을 백일처럼
또 백일을 백야처럼
그렇게 수많은 해와 달의
만남과 이별을 반복하면서
그렇게 살아야 할 것 같다
사람 없는 무인도에는
우리가 가다 만 길도 있고
씹다 버린 껌처럼 달라붙은
어설픈 사랑의 추억도 남아 있지 않을까
그 곰삭은 추억을
잘근잘근 곱씹으면서
우리는 왜 지난날을

그리워하면서 살아가는지
신에게 물어보아야 할 것 같다

대답이 없으면
먼 하늘 바라보면서
돌팔매질하면 되지 않을까
물길 잘 닿은 자갈 하나 주워서
하얀 물거품이 몸부림치다 떠난 백사장에
'우리가 사랑했던 섬이다'
문구를 남기고
그 자갈돌 가슴에 품고
먼 하늘 또 보고 싶다
자갈돌에 맺힌
세월의 흔적을 가슴에 새기면서
먼바다 멀리 던져
다시는 무인도에 오고 싶지 않다고

가슴에 새기고 싶다

그리고 다시

무인도 주인이 되어 떠나고 싶다.

기다림

설렘은
문이 열릴 때마다 찾아온다
설렘은 또 다른 설렘을 불러
가슴에 뭉게구름을 그린다
하얀 도화지에 가을 구름을 그린다
그러다 문이 열리고 닫히면
천둥 치기 바로 전
험한 구름 그리고는 후회한다
다시 문이 열리고 하얀 도화지는
야밤 살쾡이처럼 빛나다가
한순간 개가 풀린다
그러기를 여러 번
가슴에 파란 멍울이 맺히고
앞은 아득한 천 길 낭떠러지
다시 문이 열리기를 기다린다
머리는 검게 비어가고

가슴은 하얀 눈을 그리다가
닳고 닳은 신발을 내려다본다
문득 앉은 자리가
가시방석임을 알고는 화들짝 놀라
문을 열고 길을 나선다.

아마도

우리는 전생에 무엇이었을까
구름이 하늘 높이 날고
비가 뿌리고 꽃이 피듯
그런 우리는
전생에 무엇이었을까

산에 사슴이 뛰놀고
풀을 뜯고 뱀이 똬리를 틀고
벌이 윙윙 날갯짓하고
토끼가 마구 내달리는
그런 곳에서 우리는
무엇을 하고 있었을까

바람은 시원히 향기를 뿌리고
저녁 해가 어스름 기울면
풀벌레 소리 합창하며

우리 귀를 간지럽히는
그런 곳에서
당신은 무엇을 하고 있었을까

아마도 당신은 그곳에서
풀잎, 이슬, 달빛 같은 소녀였겠지요
그 곁에 어떤 이름도 모르는
소년 하나 돌팔매질하겠지요.

가을 그림자

해 기울면
낮잠 자고 일어난 게으른 달이
부끄러운 얼굴 내밀며
하늘 귀퉁이 슬며시 올려놓는다
검붉은 해거름 석양
온 세상 불타고
그대 그리움
내 가슴 가득 일렁이는
노을은 머리를 어지럽힌다
기우는 해 서러워
오목가슴 여밀 때
들길 풀벌레들 합창단 이끌어
저녁 합창제 열고
깊어가는 늦여름
쏟아지는 소나기에
온 세상 먼지

더러움 그리움 모두 씻어낼 듯
우렁차게 뿌린다
가끔 화음으로 들려오는 천둥소리
임이 아직 먼 곳에 있다는 듯 아스라하다
천둥소리 끝 우글거리는 울음소리
내 가슴 한구석 남아
그리움이 슬쩍 운다.

가는 길은 달라도

길은 헤아릴 수 없이 많다
가는 방법도 이 세상의 모래알만큼 많다
하늘의 별처럼 무수한 길 위에
그대를 찾아가는
가장 어리석은 길 하나를 찾았다
힘주어 걸어도
허공을 내지르는 잠꼬대처럼
그렇게 나는 어리석은 길 하나를 찾았다
내가 그대에게 가는 길은
오직 하나
사랑하는 길밖에 없었다
누가 돌팔매질할지라도
그 길을 가는 것은
내가 가야 할 운명이다
오직 나아가는 것 말고는 방법이 없다
바짓가랑이 스며든 이슬처럼 아무렇지 않게

어리석은 헛기침 하면서 그대에게 다가가는 나는
어설픈 걸음마를 배우고 있다
맹목에 가까운 걸음마를 배우고 있다
행여 다가가는 그곳에
그대가 기다리지 않아도
천년 세월 지나
비바람에 휘둘리는 주목처럼 그렇게
서 있을 것이다
그렇게 가고 있을 것이다.

2

그리움에
빠지다

세상 문

어느 순간,
세상의 문이 닫혀 버렸다
안개가 토악질하더니
모든 세상이 한순간 사라졌다

어둠을 헤매다가 연신 욕지기를 쏟아낸다
세상은 어쩌다
이렇게 사라질 수 있는가
그댈 향한 내 발길은 방향을 잃고

하늘을 둥둥 나는
나는 누구인가
천년도 모자라 다음 세상까지
자유롭지 못해 그렇게 목을 뺄 것이다

세상 문을 열어다오
사랑하는 그 사람
옷자락이라도 보고 싶으니
세상 문을 열어다오.

가지 않은 길

나는 아무래도
그곳으로 가야 할 것 같다
우리가 가다가 만
그 먼 곳을 향해 가야 할 것 같다
아직 아무도 밟아보지 않은 흙길
풀잎마다 이슬이 맺혀 있고
하늘에는 에메랄드빛 구름이 손짓하고
길가에 아스라이 이어진 도랑을 따라
숲속에는 종달새가 즐겁게 손짓으로 노래하고
가뭇없이 이어진 꼬부랑길을 따라 돌면
잊은 듯 조용히 숨죽여
우리를 기다리는 주막 하나
다리품 팔아 긴 걸음 끝
주막에서 노파와 수다 떨다가
먼저 간 사람 없다는 말을 듣고
서둘러 괴나리봇짐 챙겨

다투어 먼 길 갈 채비를 하고 나선다
우리를 환영하는
노래 가득한 숲길을 따라
산길을 돌아 더 멀리 올라가면
멀리 아득한 추억처럼 어제가 반겨준다
허리에 손을 얹고
그대 물끄러미 바라보며
되돌아온 길 되짚으면서
엷은 미소 한 자락
땀에 젖은 이마 씻어주며
꼭 잡은 두 손
언제까지나 놓지 않을 듯
똘똘 뭉쳐 마주 잡는다
아직 가야 할 길이 멀다
그래도 온 길만큼
뿌듯함이 어디 있을까

아무도 가지 않은 길
우리는 내일로 사랑스레 젖은
오롯한 오솔길을 따라
언제가 될지 모를 길을 나선다
두 손 놓칠세라 다잡아
엮어 잡고 구름처럼
바람처럼 그렇게
아무도 가지 않은
그 길을 간다.

어떤 세상

설핏 든 잠에서
이승과 저승 언저리를 맴돌다
새벽닭 소리에
정신을 챙겼더니
세상은 언제나
고장 난 기계처럼 요란하다

어릴 적 자란 산골에선
밤이면 별이 속삭이고
소쩍새 자장가에 하품하고
구뻠이• 구슬픈 소리에 가슴 조아리면서
바깥세상이 궁금해
목을 빼고 먼 나라만 그렸건만…

이제 산골은 간데없고
시끄러운 세상

낮이고 밤이고
웡웡대는 소리에 정신이 어질
세상은 귀가 없을까?

• 구빽이 : 구렁이가 천년이 되면 새가 된다는 상상의 동물

만화경

코로나.

그림자도 없는

네가 세상을 거꾸로 세웠다.

우리가 살아온 어제가

얼마나 부끄러웠으면

네가 오고

우리는 두려워 마스크로 중무장했다.

민낯을 보이기가 민망해

사랑하면서도 가까이하지 못하고

바로 보지 못해

행복한 세상을 만들어준 너

네가 오기 전

우리는 얼마나 행복했던가?

네가 온 뒤로 우리는

더 큰 행복을 누린다.

집집이 가족들이

얼굴을 알게 했고
바깥보다 안이 더 아늑함을
깨닫게 한 너

그리고 하늘을 보라
세상이 민낯을 드러낸 날이 얼마였던가
네가 온 뒤로
내 얼굴은 화장하지 않아도 더 환해지고
맑은 하늘에 제 모습을 비춰
원래 우리로 돌아가게
반성문을 쓸 기회를 주었으니

고향

고향 당산나무
늘 그 자리에 섰건만
어릴 적 고추 친구
돌아오지 못할 소풍 떠나보내고
밤잠 못 자게 애태우며
가슴 아리게 했던 꽃순이도 떠났다.
달은 언제나 그 하늘에 뜨지만
풍성한 말 잔치에
육자배기 애잔하던 그 어른들
소풍 길 너머
당산길 언저리
뒷터 그림자로 손짓한다
고향은 재주로 넘친다
찔레꽃 흰 속살보다
순박했던 아주머니
주름살 깊게 파인 할머니가 되어

밤만 되면 울어대는 귀뚜라미
소리로 대답한다

세월 흘러
들길 따라 묻어나는 걸음마다
그 이슬
지금도 바짓가랑이 붙들며
정겹게 인사하고
소년을 늙은이로 키워버린
세월의 무덤덤함에
정겨움이 무겁기만 하다
고향은 어쩌면 먼발치
선반의 오래된
놋그릇처럼 색이 바랜 것인가.

꿈꾸는 자전거

내 가슴 속에 언제부터인가
자전거가 서 있다
발만 올리면 세상 어디든 달려갈 듯
저 멀리 별나라까지 가볍게 마구 날아갈 듯

핸들은 구부정하게 사람을 엎드리게 해놓고
바퀴는 엄지손가락만큼 가늘게
날렵하게 뜰 것 같은
몸집 가볍게 줄이고
손가락 끝으로도 들릴 그런 자전거

실바람 불면 풍선처럼
부풀어 올라 날아갈 듯
휘파람보다 더 센 기운 머금고
발이 닿기를 숨을 고른다
고무줄 팽팽한 그 느낌으로

그 자전거 언제쯤 마음껏 달릴 수 있을까
오늘도 촘촘한 살대 어루만지며
실바람 불면 달아날
그런 날을 손꼽아 기다린다.

사월의 아침

열여덟 꽃처럼 아름다운
아침 햇살 피어난다
하늘나라에 산다는 천사,
거짓이 아님을 오늘 알았다
눈 시리게 푸른 사월의 아침
처녀의 가슴처럼 일렁이는 하루
먼지로 자욱한 늙은 지구를 위해
사월의 아침은 모처럼 맑은 세수를 하고
숨결처럼 가슴을 파고든다.

먼 산

먼 날부터 그 앞 더 많았던 세월의 악수 이전부터
당신은 먼 산이었습니다
내가 늘 바라볼 수만 있었던
그런 먼 산이었습니다
꿈을 찾듯 가보고 싶었던 산이었습니다
파랑새를 찾아가는 소년의 꿈처럼
그 먼 산을 지나
새로운 세상이 있을 것이라는
소망 하나로
늘 그리움만 가득한 먼 산이었습니다
비가 내리고 바람이 불고
또 수많은 해와 달이 다투어 달리고
어느 비 갠 맑은 날 아침
비로소 산이 제 모습으로 다가왔습니다
순간 눈이 멀고
햇살의 눈 부심에

앞이 보이지 않는
어둠의 희망에 빠졌습니다
그렇게 갈망하던 산이
앞에 와 있었습니다
생각 다발에 젖은 울창한 숲
내 가슴을 세차게 흔들었습니다
기운찬 산맥은 바위와 맥박으로
가슴을 억세게 방망이질 쳤습니다.
안을 수 없는 산의 크기에
눈물부터 나는 감동에 말문이 막혔습니다
산은 속삭입니다
이제는 산이 그냥 숲만 이고 살 수 없어
그대 가슴으로 성큼성큼 다가왔노라고……
그래서 그 산 가슴으로 품었습니다
거부할 수 없는
천명보다 더 무거운 벅찬 희열에

그 산을 가슴에 안고 울었습니다
가슴은 숨 멎을 듯 쿵쾅거리고
눈은 게가 풀리고
머리는 혼곤한 낮잠에서 깨어난 듯 어지럽고
다리는 긴 사막을 지난 낙타처럼 흔들렸습니다
그리고 다시 나를 바라보았습니다
이 산이 진정 내 파랑새였노라고……
저 산이 아니고
이 산이 내 보금자리고
태양의 일렁임과
가슴에 넘치는 생명과
열반의 환호성처럼 춤추는
샘물이 화수분처럼 솟아나는
그런 생명의 산이었노라고……
산을 품고
어제의 나는

오늘의 내가 되어

산에서 흐르는 내를 타고

긴 강을 따라 바다로

바다로 여정의 샘물을 받아

하루하루 지치도록 노를 젓습니다.

광야에서 부르는 노래

아무도 서 본 적 없는 그곳
끝이 보이지 않는 먼 그곳
그저 땅의 입김만으로 가득 찬 그곳
그곳에 내가 홀로 서면
나는 한 그루 작은 나무
그대 품속 초라한 내 모습
나는 대지의 품에 안겨
숨을 몰아쉰다
아득하기만 한 땅끝
숨쉬기도 벅찬
그 넓은 땅심에 안겨
그대를 처음 알게 되어
가슴 벅차다
텅 빈 내 가슴에
처음 그대를 안게 되어
숨결은 더욱 고와진다

벅차다, 다시 되돌아오는 희열에
숨결은 거칠어지다가 다시 고와지는 거푸질
그 속에 나는 살아 있다
나는 다시 대지의 땅심에서 힘을 받아
잎을 피우고 가지를 뻗어
다시 뿌리에 온기를 감아올려 당신의
가슴에 더 깊이 뿌리를 감는다
사랑은 이렇게 힘으로만 되는 것이 아니라
섭리 가운데 하나로 엉키는 것임을
이제 알게 되어 머리는 기쁨으로 일렁인다
가만히 눈을 감는다
다리에 발바닥에 전해지는
당신의 온기에 눈물이 흐른다
그래서 다시 가지를 뻗어
우리는 하나가 된다.

욕망의 늪

나는 아무래도 사막으로 가야 할 것 같다
그 끝없는 열사의 나라에서
내 누더기 영혼을 가지런히 펼치고
또 허기진 욕망의 자락들을 하나하나 풀어내어
알라의 신에게 염원을 올린다
알라신은 사막에 사는 것은 오직 알라라고 할 뿐
어떤 말도 하지 않는다
연거푸 오르는 욕망
영혼은 아침 이슬
나는 오욕에 찌들어 가슴을 뜯는다
숨 막히는 열기
모래와 태양으로 얼룩진 열사의 숨결
거품처럼 이는 욕망의 너덜겅•에서
돌을 하나하나 치운다

• 너덜겅 : 돌이 많이 흩어져 있는 비탈

나그네 걸음

비 온 후 안개 가벼운 듯, 무거운 듯
새벽안개 헤쳐 먼 산 바라본다
저 산이 파랑새 고향인가
온 길 되돌아본다
흔적 없는 발 무덤들
더듬거리며 곱씹는다
이 길 위에서
누구는 절망을
어느 누구는 희망을 묻는다
말기 암으로 몸부림치는
벗의 아우성 들리는 듯
파랑새 고향은 저 산인가.

나는 개미다

수많은 벌레가 우글거린다
나도 그 미물 중의 하나이다
길을 가다 기어가는 개미를 발견한다
개미가 나더러 왜 보냐고 묻는다
작고 힘없어 보여 불쌍하다고 했더니
개미가 어이 없다는 듯
'너도 개미야'라고 소리친다
깜짝 놀라 돌아보니 아무도 없다
보이는 것이 개미가 아니라 내가 개미였다
땅바닥만 기어 다니는
딱정벌레보다 더 초라한 개미였다

나는 개미다
나는 개미다
아니 나는 개미보다 못한 벌레다
몇 차례 외치자

‘이제 개민 줄 알았으면 가’

하는 말에 놀라 발길을 돌린다

나는 개미다

나는 개미다

내가 개미가 되고 난 뒤

겨드랑이가 간지러웠다.

내가 개미가 될 수밖에 없었던 이유를

이제 알 수 있을 것 같다

꿈꾸는 바보

때로는 천치로 살고 싶다
사람들이 나더러
천치가 되었다고 인정할 때까지
그렇게 바보처럼 살고 싶다.

제정신 챙기고 살기가 힘든 세상
아무리 죄를 지어도
벌주지 않고
사랑하는 것이 죄가 되는 세상에서
비싼 흰쌀밥 달게 처먹고 헛웃음만 나오는
세상 이치, 계산도 모르는
바보란 이야길 듣고 싶다

오랜 친구가
알아보지 못할 정도로
그렇게 나는 바보가 되고 싶다

그래서 다시는 세상 사람들이
나를 기억하기 싫은 마음에
나는 바보가 되고 싶다

다시는 기억을 되돌릴 수 없게
낯선 천치가 되어
세상 아름다운 한살이가 즐겁다고
헤헤거리고 돌아다니는
완전한 천치 바보가 되고 싶다.

달을 먹고 자란 세월

내 고향 가을은 언제나
풀벌레 소리로 가득했다
달이 휘영청 떠오르면
아이들이 무리 지어 동구 밖을 나와
대낮보다 더 밝은 가을 달빛을 품고
논두렁 밭두렁 놀이터 삼아
풀벌레 소리 발로 차며
아직도 남아 있는 여름 끝물
개똥참외 훔쳐 먹고
남의 집 오이며 가지로 배를 다시 채운다
부잣집에서만 먹는 포도 서리는
원두막 개가 무서워 엄두를 못 내고
저수지 가장자리를 돌다가
급기야 차가운 물 속에 몸을 던져 자맥질한다
달밤의 체조처럼 아이들은 앞다투어
차가운 물 속에 첨벙첨벙

오뉴월 개구리 되어 멱을 감는다

그렇게 입술이 파래지도록 물질을 하고는
허기진 꿈과 배를 안고
둑에 앉아 해맑게 웃는 달을 쳐다본다
허기진 배를 향해 달빛을 머금어
한없는 꿈으로 배를 채운다
그렇게 달이 이울 때까지 온 들판을 헤집고는
내일 학교 갈 일이 걱정이다
그제야 개 짖는 소리로 들썩이는 마을로 돌아와
다시 한번 가을 하늘 달빛으로 배와 가슴을 채우고
엄마도 아버지도 몰래
강아지와 암호로 손 인사를 주고받고
골방에 들어가 잠이 든다
밤새 달빛은 흐뭇한 미소로
꿈을 먹고 자라는 아이들의 가슴에 내려앉아

먼 훗날 다시 어른이 되어
달빛으로 만날 일들을 약속한다

그렇게 흐른 40년 세월
우리는 적당히 배가 나오고
머리칼 숫자가 헤아려질 정도가 되어
다시 만나 꿈처럼 보았던
어릴 적 달을 보고 눈가에
가득한 주름과 함께 달을 맞는다
참으로 기막히고도
무서운 세월이
우리를 멀리도 여행을 보내주었다
이제는 그 아이들보다
더 천진난만한 아이를 두었건만
그 아이들은 달빛이 영그는 전설을 모른다

우리는 달빛을 보며 배를 채우고 꿈을 채웠건만
세월 지난 아이들은
달빛을 보고 꿈을 꾸지 않는다
요즘 달은 밤마다 할 일이 없어
심심하다
자라는 아이들에게 꿈을 실어줄 수 없어 심심하단다
꿈은 오래된 우리만 먹고 자랐던
아주 달콤한 향기 되어 아직도 꼼실거리는데
요즘 아이들은 그 꿈조차 버거워한다
세월은 가볍고 앙칼지지만
달빛을 보고 있으면
그 세월을 지울 수 있을 만큼 행복하다
내 고향의 가을 하늘 달빛은 그때나
지금이나 늘 그렇게 흐뭇한
미소로 날 반기건만 세월 지나
때 묻은 잠방이처럼 우리는 넝마가 되어

그 옛날 꿈꾸든 꿈을 다시 곱씹는다.

해바라기 노래

긴 여름 뜨거운 태양의 애무로
노랑 열기 머금고
푸른 하늘 향해
외로운 몸짓 꿋꿋이 세워 섰다
몸은 할머니 늘어진 젖가슴처럼 해깝건만
알은 티라노사우르스 이빨처럼 촘촘하다
뜨거운 거푸질에 지쳤으나
노랗게 영근 잎, 허기에
한잎 두잎 사라진 빈자리 허전도 하겠건만
비워야 더욱 채워지는
충만의 가을 하늘 심어
더욱 풍성한 알곡을 일구었다
장마철 물처럼 주체 못하는 우리 사랑
말로만 하는 사랑 멀리하고
가슴으로 일렁이는 향훈으로
비워도 비워도 지워지지 않을

꽃향기처럼
해바라기 씨앗되어
우리 사이
가득 찬 해바라기 알이 되어
날아갈 듯 무거운 가슴
팔딱이며 할딱이며
옹골차게 힘쓰지만
가을 해바라기보다 못한 나는
희망은 절망 가운데 솟는다는
해바라기 노래를 듣고 다시 선다.

어느 저녁

그런 날이 있었다
내게도 축복의 가난이
똬리를 틀고
힘을 겨루던 시절 있었다
그 서럽고 행복했던 시절 때문에
저녁 날 어느 길가에서
하염없이 울었다
내게 주어진 운명이 좋아서
허기진 가슴을 안고 울었다
긴 시간 흘러 다시 울음이 웃음에게
악수를 건네고는
길가에 눈물 몇 방울
흔적 남겨둔 채 길을 떠났다
서럽고도 행복했던 그런 날이 있었다
그런 어느 저녁
서러운 저녁 날이었다.

송호리 새벽

새벽 안개 가득한 금강
멀리 가로등 불빛에 흔들리는 물주름
하늘 아래 처음 흐르는 강물
그사이에 호젓이 누운 마을

솔숲 가득 잠든 텐트
대지에 안겨 있는 사람들
숨죽여 새벽을 깨트리는 소리

물고기들 울커득 텀벙,
눈 비비며 움직이는 풀벌레 쓰으윽 쓰윽,
물오리가 깃을 터는 푸드덕 푸드덕
깨어 있는 사람 한둘 있어
지금은 외롭지 않다.

새벽 들길

먼동이 트자 산이 기지개를 켠다
밤새 노래하던 풀벌레 고요히
목청을 가다듬어 긴 쉼터로 든다
새벽달 곱게 단장하고
아침 인사만 남기고
서산으로 손사래 치면서 내일을 약속한다.
부지런한 농사꾼 새벽 들길에 손길 바쁘다
개여울 돌들 지치지도 않고 쉼 없이 정답게 소곤거린다
풀잎마다 맺힌 이슬
새벽잠 없는 나를 위해 입술로 맞는다
허옇게 퍼지는 입김
안개 속 그림자조차 사라진
미명의 새벽길 저벅저벅 걷는 걸음마다
벌레들 다칠라, 조심스럽다
이 안개 걷히고 뜨거운 가을이 오면
허수아비 긴 팔 벌리고

날아드는 참새들 맞이하느라 바쁠 것이다
익어가는 알곡들 사이로
저벅저벅 걷는 나그네 발길
이 안개 걷히면 서러운 우리 님
반가운 소식도 가을 햇살처럼 피어날 것이라.

적벽강에서 꾸는 꿈

가을 강은 몸을 푼
산모의 몸처럼 후줄근했다
강바닥은 이끼로 덮이고
물은 한여름에 만삭을 내려놓고
해까운 몸짓으로 고요히 흐른다
돌들 제 얼굴 물속에서
드러내고 하늘 향해 두 손발 들고
느긋한 일광을 즐긴다
긴 여름 무던히 덥던 그 날들 추억하며
뜨거운 열기 고즈넉이 품고
강가 산자락에 아름다운 색동옷 여미고
자태를 자랑한다
강은 가벼워졌건만 산은 이제 바쁘다
푸르른 제복을 벗듯
이제 새 옷 곱게 갈아입고
세상을 향해 눈길로 유혹한다

강가 언저리 넓은 잔디밭
악머구리 도시를 떠나
한순간 여유를 찾으려는 도회 사람들
여기저기 고운 옷 텐트를 치고
한가롭게 늦은 가을 햇살을 즐긴다
마을 사람들 부지런히 다니면서
푼돈을 걷어 주머니를 채운다
아이들은 공을 따라 몰려다니고
어른들은 할 말이 많은지
삼삼오오 비둘기 회의하듯 수군댄다
잠자코 하늘만 보아도 좋을 풍경에
뭐가 그리 궁리할 것이 많은지 알 수 없다
우리도 춥지도 않은 저녁에
장작불을 피우고
까마득한 옛 조상을 그리며
저녁 끼니 생각에 물을 끓이고 밥을 짓는다

아, 그리운 이전 향수에 젖어
세수도 하지 않은 체
강가에 누워 잠들고 싶다
수천 년 전 꿈꾸던 사냥꾼이 되어
오늘 밤 적벽강 언저리를 맴돌며
들짐승도 잡고 물고기도 푸짐히 잡아
배불리 먹고 긴 트림하는
원시인이 되고 싶다
아들은 돌멩이를 들고
아비는 도끼를 들고
아내는 사냥감 담을 짚 망태기를 들고 따르는
그런 원시인이 되고 싶다.

행복한 바보

양지바른 창가에 앉아 하늘을 본다
흰 구름이 지나가고
새가 날아간다
산에는 단풍들이 푸른 제복을 벗어 던지고
새 옷 갈아입는 소리로 시끄럽다
알록달록 고운 자태 몸을 비비 꼬면서 손짓한다
재잘대는 아이들의 소리가
봄비보다 더더욱 싱그럽게 들리는 교정
그 속에 앞날을 짊어질 젊은이들
뜨거운 가슴이 있어 마음이 훈훈해진다

창가에는 초가을 따사로운 햇살이
날개를 파닥이며 피어난다
마치 임의 향기로 입김이 피어나듯
그런 사랑이 피어나는 가을날 아침
나는 가슴에 그림을 그리듯

그대를 그리고 있다
그리운 동그라미 하나
하늘 가득 그대 얼굴 채우고도 모자라
가슴 가득 오롯이 옷깃을 여며
그대를 안아본다

거지가 허기진 배를 채우듯
그렇게 그대를 그리면서 가슴 가득
바람처럼 그리움을 채우고 앉았다
언제 비가 오려나

아무것도 움직이지 않는 가을날 아침
쏟아지는 햇살에 이마를 찡그리고
그대를 그리며
가슴은 맹꽁이 배처럼 그렇게 불러온다
내 가슴 가득 그대가 찼으니

세상 부러울 것 하나도 없는

가을날 아침

나는 참으로 행복한 바보다.

가을

오늘도 하늘은
코발트 옷으로 갈아입고
미소 짓는다
가을 하늘은
더더욱 새침하니 푸르다
그대 푸른 가슴 안고
끝없는
천 길 낭떠러지를 날고 싶은
가을이다
온 목숨 살찌우는 알곡들
나날이 몸 불리고
허수아비 바람에 옷깃 여며
제 몸을 추스르고
날아드는 참새가 들 밉다고
손 사래질하지 않고 사랑으로 보듬는다
가을은 그대와 나 사랑으로만 숨 쉬는 계절이다

새는 바람에 멱 감고
사람은 사랑에 멱 감듯
터질 듯 부푼 가슴 안고
사람에 멱 감아
마알간 얼굴 거울로 보자
그 거울 속에
그대 있고 내가 있음에…

가을밤

저녁마다 달이 살찐다
숨어서 조금씩 몸집 불린다
어제 희미했던 손톱 달
오늘 인사치레할 만치 살 올라
풀벌레 소리 어깨동무로
한가위 손짓하며 달린다

또 한 개의 사과가 익고
나락은 알을 채우고
고추는 빠알간 옷으로 갈아입는 사이
아이의 앞니가 자라듯
쪼끔쪼끔 자란다

다 버리고도 부족함이 없을 가을
한겨울 눈 속에서도 온기를 느끼게
가을이 영근다

가을 수채화

햇살로 씻은 하늘
빈 도화지에
네 얼굴 그린다

산을 덮고 골짜기를 메우고
하늘 가득 그려도
부족한 그리움
가을 한 조각 얹었다.

태풍 맞이

태풍이 온다
더운 지구의 입김을 안고 온다
파도 거품과 해일로 달려들 듯
우리 가슴 향해 치닫는다
비가 따라온다
세상 더러움을 다 핥아
신의 제단에 뿌리는 정화수다
신도 우리를 사랑한 나머지
눈물로 우리를 씻어낸다

사랑을 맹세한다
절규하듯 사랑으로 우리를
애무한 피바람 잦아들고
거품까지 꺼진 뒤
온 세상 속살을 드러낼 때
우리 사랑 해맑은 얼굴로 찾아오리니

그때 다시 우리 몸에 스며들며
사랑을 일구어갈지니…

산골 작은 절에서

가을,

햇살로 배를 채운

가끔 짖어대는 강아지 소리도

아무 소리도 없는 산골에

안긴 작은 절

스님이 햇살 따라 졸고

가끔 지나가는 까마귀가 울고

하늘도 깨끗하게 세수하여

투명한데

바람에 울리는

풍경 소리 경쾌하다

연어 두 마리

물살을 거스르는 연어 두 마리
물살에 부대껴
다시 오르다 떠내려가고
비늘 다시 세워
열심히 지느러미 흔들어
마지막 힘을 다해
기어이 물살을 치고 나간다
조금 오르다
다시 물살에 떠밀려가도
기어이 물길을 타고 오른다
산골 깊은 옹달샘에서 발원한
그 차가운 산 정기 온몸으로 안으며
물살을 세월을 치고 올라가는
연어 두 마리
갈 곳이 어딘지도 모르고
물살만 거꾸로 치고 올라가는 용기

힘에 부대껴 돌섶 돌아 몸 풀어
기어이 죽을 마지막 힘 한 톨
똬리 풀듯 마지막 산란
허기진 속은 이미 뼈에 붙은 살가죽과
상처투성이 비늘 몇 조각
지느러미 닳고 닳아
더 오를 곳이 없는 바위틈 안식처
마지막 숨 몰아쉬어
온몸 쥐어짜 알을 낳는다
그 곁 지키는 수컷
온 태평양 바다 헤엄치던
그 힘 몰아서 마지막 사정
흐르는 물결에
두 연어
기어이 하나가 된다
알은 풍선처럼 부풀어

새 생명의 씨앗 머금고
바다 정기 듬뿍 품어
새 생명이 된다
거친 바다 돌고 돌아온
보람이 영그는 마지막 순간
두 연어는 물속에서 하나가 된다
힘겹게 거슬렀던 물살 멀리하고
돌과 물과 흙과
바람과 풀잎과 이슬과
하나가 되어 다시 물길에 몸을 맡겨
세상살이 만 가지 생명의 거름이 되어
다시 우주의 품으로 여행을 떠난다.

감기 맞이

갑자기 찾아든 반가운 손님
가끔 마음을 놓고
어리석은 짓을 할 때마다
살아 있음을 알리는 귀한 손님
한가하거나 바쁠 때보다
꼭 게으름을 피우고
엉뚱한 생각을 할 때마다
흘러가는 세월을 깨닫게 하는
선물 같은 벗
때로는 먼 당신이었다가
어느 날 불청객이 되어
온몸 타고 전율로 다가서는 그대
처음 코로 인사하고
목과 온몸을 사로잡아
몸과 마음을 송두리째 앗아가는 귀한 손님
멀리하기에는 서운하면서

가까이하기에 너무 벅찬 귀인

오늘도 나 그대를 알몸으로 끌어안고

하루를 시작한다

떠났으면 할 때 다시 나타나

서운하면서도 미안한 손님

그대 곁에 있어

미안한 행복감에 젖어

내일 떠날 그대를 어떻게 전송할지

밤새 고민하는 번민의 나날

그대 떠나는 날 여직껏 가졌던 마음 반성하며

다시는 귀인을 맞이하지 않을

어리석은 꿈을 꾸는 나.

모순

나는 네가 아니고
너도 내가 아니다
내가 네가 될 수 없듯이
네가 내가 될 수 없다
그러나
네가 내가 되고
내가 네가 되어
우리는 하나다
하나는 둘이 될 수 없다
이 세상 하늘을 이고 사는 한
우리는
내가 네가 되고
네가 내가 된다
그래서 우리는
내가 네가 되어
혹은 네가 내가 되어

몸뚱어리 떨어져 있어도
가슴은 하나로 할딱인다
결국
우리는 네가 내가 되고
내가 네가 된다.

일찍 찾아온 겨울 손님

여름, 우리는 그를 그리워했다
언제 그런 날이 있었던가 싶을 때
그는 벌써 우리 앞에 성큼 다가서 있었다
망각의 동물
우리는 염량세태를 따라
오고 가는 더위와 추위를 무시하고 살았다
저만치 다가와 손사래 치는 겨울
갑자기 소름 끼치는 추위 앞에
다시 한번 더 몸이 움츠러든다
손이 시려 가슴까지 식어가는 초겨울
이마에 손을 얹어
살아 있음을 깨닫는다
그리고 시린 옆구리를 생각하며
군고구마와 호떡을 찾아 위안 삼는다
이제 찾아온 동장군 앞에
다시 초심으로 돌아가

지난여름을 잊고

새로운 나날들을 꿈꾼다.

풍뎅이

날지 못하고 뒤집어져 하염없이 뱅뱅 윙윙
구름 속 날아본 날이 언제
겉 날개 땅바닥 치며 몸부림
속 날개 펴지지 않아 몸살

맵시 고운 몸짓
구릿빛 열정에 에메랄드 옷
금박 치장 왕족 후예
푸른 듯 금빛 갑옷 장수의 후예
톱니 발톱 갈퀴 무장
야망의 늪 속에 빠져
황금 충이 이름값

흙 먹고 썩은 잎 갉아 먹어도
부끄러운 줄 몰랐다
애벌레 추억 멀리하고

숲속 나뭇잎 속내 사랑
취하도록 먹고 자라
왕후의 몸짓으로 거듭나다
이래도 풍뎅이라 놀리랴

겉 날개 부서져도 아프지 않고
속 날개 찢어져도 울지 않는다
세상이 뒤집어져
날아갈 그 날만 온다면

온 몸뚱어리 내던져
그대 사랑 가슴에 품고
날 수 있는 그 날만을 꿈꾼다.

하늘 공원

꿈만 꾸던 어릴 적 하늘을
무지개 타고 날았다
그 안의 세상은 모두가 섞인 비빔밥
하늘 공원은 탯줄이 땅에 내려지고
영화도 보고 뉴스도 보고 지나온 궤적을
부처님 손바닥처럼 훑어보는 재미가 있었다
내 자리 내놓아라, 옥황상제가
호통칠 것만 같은 호화 아방궁에는
하늘 공원에 가게가 있고
극장이 있고
음악 감상실도 함께 난다
아들은 만화를 마누라는 영화를 보고
나는 낯선 타자기를 놓고 시를 쓴다.

세상에 이런 일이
상제님도 부러워할 도원경 하늘 공원

꿈만 꾸던 그 시절
무지개는 물이 넘치게 흔해져
이젠 꿈도 신기에 무거워
아무도 타려 하지 않는다
하늘 공원은 여전히 아방궁이다
간혹 구름이 손바닥 울릴 때마다
요동치는 텃세 말고는
평화롭기 이를 데 없는 공원
다음 날 무지개보다 더 아름다운
하늘 공원을 날 궁리에
내일이 오는 줄도 모르고
지칠 줄도 모르고
설계도를 그린다.

자화상

새롭고 새로운 날들
그 가뭇없는 시간의 시달림 속에
그대와 나
한 그루 소나무로 서 있다
꽃이 피고 지기를 수없이 하다
우린 그렇게 오롯이 섰다
어설픈 홀로서기를 하다가
이제는 두 손 꼭 잡고 우뚝 섰다
바람 불고 비가 몰아쳐도
우린 그렇게 서 있을 것이다
먼지처럼 흩어지는 시간 속에
우리는 이슬처럼 사위어가는 청춘을 불사르면서
아무 소리 하지 않고
서로 마주 보는 눈빛 하나로만으로도
그냥 두 손 꼭 잡고 그렇게 섰다
앞으로 어떤 별들이 유혹하고

무쇠 같은 억셈으로 흔들어도
우리는 그냥 그렇게 망부석처럼 서 있을 것이다.

안개 낀 새벽 산속에서

산은 숨죽여
고요히 새벽을 맞는다
그 위를 타고 오르는 안개는 소리 없이
계곡을 타고 올라
고갯마루를 한 번 휙 핥고
산꼭대기로 오른다
왜구 몰려와 피워댄 봉화대처럼
그렇게 안개는 산 정상을 타고
하늘로 올라간다
여명이 트기를 숨죽였다가 닭은
새벽이 왔음을 목청껏 알리고
개 짖는 소리가
도둑도 들지 않은 골짜기에 울린다
세상은 그렇게
초저녁에 잠시 모습을 보여주고
초승달조차 없는 새벽을 열고 있다

허여멀건 입김은 세상 모두를 삼킬 듯
하- 하고 소리치면 솟아난다
그 입김 그림자 뒤로
모습을 드러내는 고운 자태의 임
헛것인지 꿈인지 분간 못 할 그림자 되어
입김 따라 피어나는 향훈의 절정에
임을 만난 기쁨은 차마 말 못 하고
간밤 마신 술로 쓰린 속을 타고 아련해진다

새벽안개
희망으로만 보이는 세상
오늘 새벽도 꿈결처럼
행복하게 보인다.

절망의 바다에서

오늘도 아프다
신역을 치른 소처럼 미련하게
끙끙 앓으면서 영각을 하고
하늘을 본다
여전히 매운 해가 비웃는다
아프지 않고 사는 사람 어디 있느냐고
위안 삼지만 그래도 아프다

가을이다
결실의 계절 가을은 배불러도
허기로만 채워진
내 가슴은 결핍 덩어리다
가을에는 아프다
그대 먼 그림자
가슴에 묻고
나만 고프고 아프다

이 시린 가을이
어서 떠나 서러운 추위에 아픔도
허기도 그리움도 다 꽁꽁
얼리는 동토가 차라리 그립다

차 한 잔의 여유

엿가락처럼 늘어진 몸
밤새 잠 보신 수리하여 일터로 나간다
숨 가쁘게 돌아가는 초침 소리에 맞춰
바쁘게 움직이는 자동차 물결을 타고
멀리 일터로 나가
따스한 국물처럼 달콤한 차 한 잔 앞에 놓고
바다보다 깊은 생각에 잠긴다
손끝에 와 닿는 온기 코끝에 스치는 차향
눈길에 와 닿는 은근한 찻빛
혀에 감겨드는 태고의 숨결처럼 고운 차 맛
포근히 감싸고 안기는 임의 입맞춤처럼 달고 향기롭다
숨이 멎고
달리는 열차가 갑자기 서버린 전율
온 가슴 머리 가득 젖어든다
겨울이 가까워 올수록
더욱 소담스러운 차 한 잔의 여유

누구를 위한 축복인가
자연이 잉태한 위대한 사색의 선물
차향에 젖어 그만 눈을 감는다
천 길 낭떠러지 떨어지는
아득한 행복
첫 키스의 소용돌이치는 황홀함보다
더 행복한 차 한 잔의 여유
햇살 퍼지는 창가에 앉아
그리운 임을
하늘 가득 그리며 행복에 젖어
눈물 샘솟는 차향에 빠진다

그리움이 그리움에게

초판 1쇄 인쇄 | 2021년 12월 5일
초판 1쇄 발행 | 2021년 12월 15일

지은이 | 손석근
펴낸곳 | 시간여행
펴낸이 | 김경배
편　집 | 김지수
디자인 | 디자인[연:우]
등　록 | 제313-210-125호 (2010년 4월 28일)
주　소 | 경기도 고양시 덕양구 지도로 84, 5층 506호(토당동, 영빌딩)
전　화 | 070-4350-2269
이메일 | jisubala@hanmail.net

종　이 | 화인페이퍼
인　쇄 | 한영문화사

ISBN 979-11-90301-16-9 (03810)